Le mystère des muffins disparus

Par Sheila Sweeny Higginson
Illustré par Loter, Inc.

Publié par Presses Aventure, une division
de Les Publications Modus Vivendi Inc.
55, rue Jean-Talon Ouest, 2ᵉ étage
Montréal (Québec) Canada H2R 2W8

Paru sous le titre original : *The Mystery of the Missing Muffins*

Traduit de l'anglais par : Marielle Gaudreault

Dépôt légal - Bibliothèque et Archives nationales du Québec, 2009
Dépôt légal - Bibliothèque et Archives Canada, 2009

ISBN : 978-2-89543-938-7

Nous reconnaissons l'aide financière du gouvernement du Canada par
l'entremise du Programme d'aide au développement de l'industrie
de l'édition (PADIÉ) pour nos activités d'édition.

Gouvernement du Québec – Programme de crédit d'impôt pour l'édition de livres – Gestion SODEC

Imprimé en Chine.

Bonjour les enfants !
Voulez-vous visiter ma maison ?
Oui ? Allons-y !
Dites avec moi : « Miska,
Mouska, Mickey Mouse ! »

Sentez-vous la bonne odeur ?
C'est celle de mes muffins en train de cuire.
Je les ai faits pour mes amis.
C'est l'heure de les appeler !
Donald ! Daisy ! Dingo ! Pluto ! Minnie !

Combien y a-t-il de muffins ?
Comptons-les ensemble :
1, 2, 3, 4, 5, 6.

Aïe ! Ces muffins sont trop chauds.
Oh ! Les enfants !
Nous avons besoin de votre aide.
Voyons voir : un trousseau de clés,
un ruban à mesurer, un ventilateur
et l'Outil-souris mystère.
Quel instrument nous servira
à refroidir les muffins ?

Bravo ! Compris, nous avons des oreilles !
Le ventilateur fera l'affaire !
Maintenant, attendez un instant que
je le mette en marche.

Dingo, pourrais-tu me tenir
les muffins ? Merci !

Ding, dong !
Avez-vous entendu la sonnette ?
Allons voir qui est à la porte.

C'est Donald !
Il vient de finir de ranger sa penderie.
Et tout ce travail lui a creusé l'appétit.
Je parie qu'il aimerait goûter à mes
délicieux muffins.

Oh non !
Mes muffins ont disparu !
Recherche de tous les indices !
Nous devons retrouver mes muffins !

Allez-vous m'aider à retrouver mes muffins ?
Super ! Donald veut aider lui aussi.
Il a trouvé le parfait chapeau de détective.

Voyez-vous quelque chose que nous pourrions
utiliser pour notre enquête ?
Vous avez raison ! La loupe nous aidera.

Recherche de tous les indices !
Voyez-vous cette empreinte de main ?
Cela signifie que celui qui a pris les
muffins a forcément des mains.
Ce qui, d'emblée, élimine Pluto.

MINNIE DAISY DINGO PLUTO

Recherche de tous les indices !
Donald le détective a trouvé des miettes.
Cette piste le mène à une petite porte.

Nous avons besoin d'un outil pour mesurer la taille des suspects. Devrons-nous utiliser le trousseau de clés, le ruban à mesurer ou l'Outil-souris mystère ?

Le ruban à mesurer fera l'affaire !
Dingo, tu es trop grand pour passer par la porte.
Tu n'as donc pas pris les muffins.

Recherche de tous les indices !
Donald aperçoit une boîte en bois
et une grosse flaque de boue au bout de la
piste. Mais où sont passés mes muffins ?

Revenons sur nos pas et retournons à l'intérieur.
Oups ! La porte du Clubhouse est verrouillée.
Quel Outil-souris devrions-nous utiliser pour
ouvrir la porte : le trousseau de clés ou
l'Outil-souris mystère ?

Avez-vous dit le trousseau de clés ?
Vous avez raison !
Trouvez la clé qui correspond
à la forme de la serrure.
La clé en forme de triangle ouvrira la porte !

Recherche de tous les indices !
Avez-vous remarqué la flaque de boue
à l'extérieur ?
Donald dit que celui qui a pris les muffins
a forcément dû marcher dans la boue.

Donald examine Minnie.

Elle n'a pas de boue sur elle.

Donald examine Daisy.

Elle a de la boue sur elle.

« Tu as pris les muffins ! s'écrie-t-il.

L'énigme est résolue ! »

Daisy n'en croit pas ses oreilles.

Elle répète qu'elle n'a pas pris les muffins.

Recherche de tous les indices !

Pouvez-vous trouver un objet qui soit de

la même taille et de la même forme que

le plateau à muffins ?

CASSE-TÊTE

MINNIE
DAISY
DINGO
PLUTO

Bravo !

La boîte de casse-tête est de la même taille et de la même forme que le plateau à muffins. Daisy a une idée. Elle dépose la boîte sur la table. Elle actionne le ventilateur.

Que se passe-t-il ?

Recherche de tous les indices !

Regardez où la boîte a atterri.

Daisy montre la boîte recouverte de boue.

« Les muffins sont ici, dit-elle, mais le
couvercle est collé à cause de la boue. »

Oh ! Les enfants !

Pouvez-vous nous dévoiler l'Outil-souris
   mystère ?

CASSE-TÊTE

C'est un pied-de-biche !
Daisy se sert du pied-de-biche
pour ouvrir la boîte.
Triple hourra !
Les muffins sont à l'intérieur, et ils
sont suffisamment froids pour être dégustés.
Venez tous !
C'est l'heure
des muffins !

Savez-vous ce qu'il y a de génial avec les muffins ? Quand il n'en reste plus, il est facile d'en refaire !

Muffins aux bleuets de Mickey

Ingrédients:

3/4 de tasse de farine à pain
3/4 de tasse de farine à pâtisserie
1/2 tasse de sucre
3/4 cuil. à thé de sel
2 cuil. à soupe de lait
en poudre

3 cuil. à thé de poudre
à pâte
1/4 de tasse de beurre
1/2 tasse d'eau
2 blancs d'œufs
1/2 tasse de bleuets,
frais ou surgelés

Préparation:

1) Demandez à un adulte de régler le four à 350°F (175°C).
Tapissez les moules à muffins avec des caissettes de papier.
2) Dans un bol, tamisez ensemble la farine, le sucre,
le sel, le lait en poudre et la poudre à pâte.
3) Demandez à un adulte d'ajouter le beurre et,
à l'aide d'une spatule, malaxer jusqu'à ce que les
grumeaux soient de la grosseur d'un pois.
4) Mélanger l'eau et les blancs d'œufs à l'aide
d'une fourchette ; ne fouettez pas.
5) Ajoutez les ingrédients humides aux ingrédients secs
et remuez jusqu'à ce que le mélange soit liquide.
La pâte doit demeurer grumeleuse.
6) Remplissez les caissettes de
papier à l'aide d'une cuillère
et faites cuire les muffins
pendant 20 à 25 minutes,
jusqu'à ce qu'ils aient une
belle couleur dorée.

Donne 12 muffins.